Rosemarie Brilmayer

TODSCHICK

Heiterer Krimi für kluge Frauen

COPPENRATH

HEUTE
IST
EIN
GUTER
TAG
ZUM
LESEN

„Ich warne Sie", herrschte sie ihr Spiegelbild an. „Ich lasse Sie erbarmungslos auffliegen, wenn Sie nicht spuren!" Nein, das klang noch viel zu zahm. Sie vergaß für einen Moment ihr Veilchen und verzog unzufrieden das Gesicht. Schrie leise auf. Bis die Blessuren abgeheilt waren, musste sie wohl oder übel mit sparsamerer Mimik auskommen. Außerdem sollte sie sich erst einmal in Schale werfen, bevor sie überhaupt daran denken konnte, ihren Auftritt als boshafte Ehefrau überzeugend abzuliefern. Heute Abend würde sie das Flittchen endlich in die Mangel nehmen – diese Brenda Abendroth, eine richtig harte Nuss. Warum gab es eigentlich keine männliche Form von Flittchen? Wie wäre es mit Flittcher? Oder vielleicht Flutscher?

Unschlüssig stand sie vor der cremeweißen Frisierkommode mit dem dreiteiligen Spiegel. Eine abgehalfterte Sechzigerin im XXL-Pyjama glotzte ihr entgegen, mit mitleiderregend verquollenem Gesicht. Ein Andenken an die äußerst unangenehme Begegnung mit einem aufgebrachten Zuhälter, die noch nicht lange her war.

Übellaunig streckte sie dem Bild über dem riesigen Bett die Zunge heraus. Aus dem wuchtigen Rahmen blickte Papa Schlupp tadelnd zu ihr herunter.

Sie streckte sich. Das Wasserbett war Segen und Fluch zugleich. Keine verspannten Nackenmuskeln mehr, aber jeden Morgen seekrank.
Rascheln unter dem offenen Fenster. Sofort fühlte sie das Adrenalin durch ihre Adern jagen und war mit einem Satz an der Terrassentür.
Endloses Grün unter morgenblauem Himmel, der gepflegt verwilderte Garten – ach was, Park! – lag einsam und still in der flirrenden Sonne. Bis auf Petersen, der sich in seiner Gärtnerkluft angestrengt sachte durch die Büsche pirschte. Sie hatte ihn angefleht, sich in den nächsten Wochen wenn schon nicht unsichtbar, so doch wenigstens unhörbar zu machen. Herausgekommen war diese verhuschte Schleicherei, die ihr fast jeden Morgen den letzten Nerv raubte, noch bevor der Tag überhaupt begonnen hatte.
Und dann diese Hitze! Tropische Nächte, in den letzten drei Wochen nie unter zwanzig Grad, eine Luft wie in einem Feuchtbiotop.
Sie versuchte, sich wieder zu entspannen. Nippte an ihrem noch immer zu heißen Milchkaffee, ließ sich auf den Polsterhocker vor der Frisierkommode sinken und begann träge, sich zu schminken. Grundierung. Farbe. Finish. Genau so, wie man es ihr beige-

bracht hatte. Was für ein Aufwand – aber es lohnte sich! Sie fühlte sich wie ein altes Möbelstück, das aufpoliert werden musste, bevor man es ins Schaufenster stellen konnte.
Nervtötendes Kratzen an der Tür. Engelchen, das boshafte Katzenvieh. Statt zu miauen, wie das normale Katzen tun, wenn sie Hunger haben, legte sie sich bevorzugt an unübersichtlichen Stellen im Haus als Stolperfalle auf die Lauer. Außerdem betrachtete sie grundsätzlich alle Nicht-Katzen als ihr ganz persönliches Spielzeug. Und wenn man sie für ihre Hinterhältigkeit bestrafte, rächte sie sich mit Zimmerverwüstung und Lampentotschlag.
„Ich weiß genau, was du willst, du quer gestreifte Bestie. Aber hier kommst du nicht rein", knurrte sie mit einem drohenden Blick zur Tür. „Nur über meine Leiche." Was nur dann der Fall sein würde, wenn das Projekt Edwin so richtig in die Hose ging. Unwahrscheinlich, aber möglich. Trotz der Hitze lief ihr ein kleiner kalter Schauer über den Rücken.
Inzwischen waren ihre Haare getrocknet. Der Friseur hatte recht behalten, dank des raffinierten Schnitts fielen sie nach der Wäsche ganz freiwillig in Form. Sie hatte damit gerechnet, platinblond oder

kupferrot eingefärbt zu werden, aber er hatte ihr zu einem vornehmen Grau geraten.

Sie trat an den mehrtürigen altweißen Schrank. Edle Stoffe, nichts von der Stange, alles sorgfältig ausgewählt. Selbstverständlich nicht von ihr selbst, sie hätte ganz sicher ständig danebengegriffen. Ihr Aussehen war ihr bisher immer angenehm egal gewesen, aber als Millionärsgattin durfte sie sich natürlich keine Blöße geben. Ihre Wahl fiel heute, der Sommerhitze angemessen, auf ein leichtes, vorne durchgeknöpftes Etuikleid in Mauve mit eingearbeitetem Bustier. Es verlieh ihr im Nu aufregende Kurven, ohne dass sie dafür auch nur ein einziges Östrogen mehr im Körper benötigte.

Nach fast zwei Stunden stand ihr im Spiegel endlich die selbstbewusste, verwöhnte Lina Gerstelmeier gegenüber. Kam es ihr nur so vor oder brauchte sie tatsächlich jeden Tag ein bisschen länger, um sich einigermaßen appetitlich herzurichten?

Brust raus, Bauch rein, Rücken gerade.

Halt, die Schuhe! Ganz wichtig. Jeder Zentimeter half. Ergeben stieg sie in die bordeauxroten Folterwerkzeuge, die hauptsächlich aus Riemchen und den Absätzen bestanden.

„Sie werden um Gnade winseln, wenn ich mit Ihnen fertig bin, Kindchen. Versprochen“, blaffte sie.
Na also, jetzt funktionierte es schon viel besser. Was ein bisschen Schminke und schicke Klamotten doch ausmachten! Megafon für die Psyche.
„Liebe, bähhh“, blökte sie verächtlich in den Spiegel. „Erzählen Sie mir nichts, Sie wollen doch sowieso bloß an Edwins Geld.“
Sie verdrehte die Augen, als sie den Alten im Gästezimmer nebenan rumoren hörte. Getrennte Schlafzimmer, getrennte Bäder. Gut und schön. Dennoch wurde die Situation in der Villa immer unerträglicher. Es musste endlich eine Lösung her.
„Auch schon wach?“, brüllte sie ungnädig.
Wütendes Gewummer von nebenan.
„Schnauze“, zeterte sie. „Schließlich bin ich hier diejenige, die Tag für Tag wie ein verdammtes Model aussehen muss.“
Der Alte schrie etwas, das sie zum Glück nicht verstand. Mit einem Mal wurde ihr klar, was er wollte.
„Sonst noch was?“ Sie kicherte. Dieser Mensch hatte scheinbar vorübergehend verdrängt, dass sie sich hier nicht im Büro befanden, wo er sich manchmal aufführte wie in einem Fünfsternerestaurant.

„Kann ich helfen?“, kam es zaghaft aus dem Garten.
„Gern, Petersen“, flötete sie. „Klappe halten und Rasen kämmen.“

Juli. Einer jener göttlich lauen Abende, an denen die Zeit stillzustehen scheint. Stimmengewirr, Sommerlachen, goldenes Licht in den Straßen. Die halbe Stadt war auf den Beinen, die Luft so weich und sanft wie Seide.
Die kleine Galerie in der Zweiburgengasse platzte aus allen Nähten. Festlich gekleidete Menschen drängten sich, dezent transpirierend, bis hinaus auf die Straße. Das Plätschern der Springbrunnen und das Zwitschern der Vögel aus dem nahe gelegenen Stadtwald drangen durch die offen stehende Tür. Der schlanke Turm der Ritterburg, die oberhalb der Stadt im Wald lag, stach in den Abendhimmel wie ein mahnend erhobener Zeigefinger.
„Wenn ein Schuh zu lange im Schaufenster steht, ist er zwar nach einem halben Jahr noch immer derselbe.“ Lina Gerstelmeier, ein fülliger Traum in Mauve, griff nach einem Thunfischbrötchen. „Aber er ist natürlich trotzdem gealtert, ausgebleicht vom Licht.“
Welcher Schuh? Was faselte die Gerstelmeier da?

Brenda Abendroth bemühte sich um einen möglichst neutralen Gesichtsausdruck. Gerstelmeier war immerhin eine der solventesten Stammkundinnen der Galerie. Zwar erst seit Kurzem, aber umso wichtiger war es, sie bei Laune zu halten. Besser, sie merkte nicht, dass Brenda gerade auf mehr als nur einem Schlauch stand.
Die Vernissage war für einen Freitagabend in der Ferienzeit erstaunlich gut besucht und sie hatte als eigens für diese Anlässe angeheuerte Servicekraft alle Hände voll damit zu tun, Champagner nachzuschenken und die Silberplatten auf dem antiken Buffet immer wieder mit Kanapees und Trauben aufzufüllen.
Die Gerstelmeier gab ihr Bestes, Brenda von der Arbeit abzuhalten, und stand überall gekonnt im Weg.
Nicht mehr lange. Bald war Schluss mit Madame Gerstelmeiers süßem, faulem Leben.
Brenda lächelte fein. Edwin, Lina Gerstelmeiers schlechtere Hälfte, hatte erst kürzlich angebissen, und Brenda hatte nicht vor, den millionenschweren Fisch wieder vom Haken zu lassen.
Lina Gerstelmeier trug wie immer ein Vermögen auf ihrem strammen Leib spazieren. Diese Sorte schlichter Eleganz, hinter der ein ganzer Schwarm kompetenter Beraterinnen steckte.

Todschick. Alles an ihr schrie Geld, Geld, Geld. Das hochnäsige Gesicht war, bis auf ein paar winzige lippenstiftgefüllte Kerben über der Oberlippe, verdächtig faltenfrei. Pölsterchen um die Augen, Hamsterbäckchen, Luftmatratzenlippen. Kind, irgendwann bleibt dein Gesicht so stehen und kein Ende der Botoxwelle ist in Sicht! Aber bei Gerstelmeiers letzter Gesichtsrenovierung war wohl am linken Auge etwas schiefgegangen, denn durch die geschickt aufgetragene Schminke schimmerte ein bläulicher Schatten.

Jetzt biss sie in ihr Thunfischbrötchen. Kaute, schluckte und tupfte sich mit ihrer Serviette zierlich die Mundwinkel. Nippte an ihrem Champagner. Nächstes Häppchen, Skalpell, Tupfer, Champagner.

„Und erst, wenn er irgendwann wieder neben seinem Zwillingsbruder aus der Schuhschachtel steht, wird plötzlich klar, dass die beiden nicht mehr zueinanderpassen." Der Rest des Thunfischbrötchens verschwand in Gerstelmeiers gierigem Mund. „Nie wieder."

Brenda nickte vorsichtig.

Sie hatte die Gerstelmeier eigentlich bisher für eine Frau gehalten, die mit beiden Beinen im Leben steht. Geerdet. Festgetackert im Hier und Jetzt. Aber heu-

te sprach sie in Rätseln. Besser gesagt, sie zischelte. Ihre Augen funkelten, dicht umrandet von einem perfekt gebogenen Kranz unechter Wimpern. Dressierte Spinnenbeine, die fast bis an die Brauen reichten. Sie sah aus wie eine zu Tode erschrockene Eule. „Es sei denn ...", ihr beringter Zeigefinger stoppte kurz vor Brendas Nase, Handcreme im Wert eines Kleinwagens, beschwörender Eulenblick. „Es sei denn, der Kamerad aus der Schachtel reißt sich zusammen und holt freiwillig ein halbes Jahr Schaufenster nach." Lina Gerstelmeier prostete Brenda gespielt resigniert zu, Spinnenbeine auf Halbmast, Augen hinter Gittern. „Aber das schafft mein Purzelchen nie."
Sicher war es kein gutes Zeichen, wenn jemand seinen Schuhen Kosenamen verpasste. Auch dann nicht, wenn es sich um die Gattin eines Schuhfabrikanten handelte. Brenda sah sich verstohlen um. Zum Glück hatte niemand etwas mitbekommen. Alle lauschten andächtig der salbungsvollen Einführungsrede des Galeristen über den Künstler Otto Schlupp und sein Werk. Brenda war immer wieder überrascht, wie ausgiebig der Kunsthistoriker über eine Kunst schwadronieren konnte, deren Sprache Bilder sind. Möglicherweise ein Gegengewicht zu

der Tatsache, dass er selbst nicht imstande war, auch nur einen einzigen geraden Strich zu ziehen.

Lina Gerstelmeiers zugespitzter Mund in Prinzessinnenpink beugte sich jetzt so vertraulich zu Brenda hinüber, dass sich die Schultern der beiden Frauen berührten. Cellulitäres Alabasterweiß an Baggerseebräune. Brenda wich zurück und stieß heftig gegen Otto Schlupps stattlichen Bauch; eine Champagnerfontäne schoss über sie hinweg und rieselte perlend zwischen ihren Brüsten hinab. Schlupp entschuldigte sich wortreich und förderte unter vielen *Aaahs* und *Ooohs* ein sichtlich benutztes Taschentuch zutage. Brenda hob abwehrend die Hände, als er mit ausgestreckten Armen auf ihr Dekolleté zusteuerte. Alles an ihm klebte. Die Hände, die Haare, vor allem aber der Blick.

Der Kunsthistoriker, ärgerlich über die Unterbrechung, drückte Schlupp kurzerhand ein frisches Glas in die Hand und dozierte erbarmungslos weiter. Schlupps Werke mit dem Obertitel „Studienreihe weiblicher Akt“ hießen *Akt mit Seife, Akt mit Schnürsenkel, Akt mit Gürtel, Akt mit Haarbürste* und so weiter und so fort. Ein ausgewachsener Kramladen. Aber auf keinem einzigen der Bilder gab es tatsächlich einen Akt zu sehen. Nichts! Dafür waren sämtliche

Gegenstände pedantisch, ja, fast liebevoll ausgearbeitet. Besonders die Schnürsenkel. Lediglich ein paar unbeholfene Striche pro Bild ließen den Schluss zu, dass Schlupp irgendwann einmal in seinem Leben eine nackte Frau gesehen hatte. Vermutlich im Dunkeln.

„Und wissen Sie, wie ich dahinterkam, dass eine andere Frau im Spiel ist?“

Brenda fuhr zusammen.

Himmel, die Gerstelmeier quasselte noch immer. Und zwar ganz offensichtlich von Edwin, ihrem Mann.

Moment mal! Dann war der kleine Exkurs über den abgenudelten Ladenhüter also nur die Einführung gewesen, eine Art Warmlaufen. Fast schon poetisch! Und Gerstelmeiers Mann folglich der Schuh mit Nachholbedarf?

Brenda schoss das Blut ins Gesicht, hastig drehte sie sich zur Seite. Edwin Gerstelmeier hatte in der Tat Nachholbedarf, das konnte sie nur bestätigen. Selten war sie auf einen derart sexhungrigen Endsechziger getroffen. Henri Abendroth, Brendas verstorbener Mann, war gegen ihn der sprichwörtliche Waisenknabe gewesen. Hatte die Gerstelmeier etwa Verdacht geschöpft? Nicht auszudenken! Schlupps Sekt hatte inzwischen Brendas Hosenbund erreicht.

„Ich will es Ihnen sagen." Lina Gerstelmeier umklammerte mit einer Hand ihr Champagnerglas, mit der anderen packte sie Brenda am Ellenbogen und drehte sie wie einen Rollkoffer zu sich herum.
„Wie? Was?"
Gerstelmeiers Blick hatte plötzlich etwas von einem dieser Fernsehprediger, die nachts über den Bildschirm toben, um verirrte Seelen zu retten. Flackernd, hypnotisch, siegesgewiss.
„Na, das mit der anderen Frau." Ihr Gesicht bekam einen lauernden Ausdruck. „Er begann auf einmal, sich dreimal am Tag zu rasieren. Kauft ständig neue Klamotten. Solche von der Sorte jugendlich, verstehen Sie? Macht stundenlange Waldspaziergänge, angeblich allein, und …", sie starrte Brenda durchdringend an, „… er hat tatsächlich angefangen zu joggen."
Sie sagte *jjjoggen*. Mit Jot, wie bei Jagdschein.
„Dabei hasst Edwin Sport. Ach, überhaupt Bewegung."
Brenda schüttelte in Gedanken vehement den Kopf. Ganz falsch. Edwin liebte Bewegung, wenn auch nur in dieser ganz speziellen Disziplin.
„Und von wegen Putzilein, Mausilein. Schluss, sage ich!" Gerstelmeier klatschte mit der flachen Hand auf das Buffet. Gläser klirrten, der Turm mit den

Desserttellerchen wankte. „Ich nehme es."
„Bitte?"
„Na, dieses Bild hier! Es passt hervorragend zu unseren Vorhängen im Wohnzimmer."
Der Lampenschirm an Strichfrauchen. Brenda schielte auf das kleine Schildchen am Rahmen mit den vielen Nullen. Lächelte strahlend. Vielleicht war der stolze Preis ja ein Vorbote ihres künftig sorgenfreien Lebens an der Seite von Edwin Gerstelmeier?
Das mit den Vorhängen stimmte übrigens. Die Gerstelmeiers schienen überhaupt flammende Schlupp-Fans zu sein. Brenda hatte neulich in der Villa einen kleinen Erkundungsrundgang unternommen, als Lina übers Wochenende verreist und sie mit Edwin zwei ganze Tage und Nächte ungestört gewesen war. Dabei hatte sie festgestellt, dass in jedem Zimmer mindestens ein Schlupp hing. In Lina Gerstelmeiers Schlafgemach gab es das riesige Familienbild mit Mama und Papa Schlupp, in ihrer Mitte der kleine mopsgesichtige Otto. Ausschließlich Originale, klar. „Sind Sie sicher, dass Ihr Mann Sie betrügt?", fragte Brenda scheinheilig. „Ich meine, wissen Sie denn, wer die andere Frau ist?" Sie nahm ein Tablett und begann beiläufig, leere Gläser einzusammeln.

Die Gerstelmeier pappte an ihr wie ein überdimensionaler Magnet. Hatte sie etwa Edwin und sie irgendwo zusammen gesehen? Brenda zermarterte sich das Hirn, aber ihr fiel keine Gelegenheit ein, wo dies gewesen sein könnte. Hatte diese Frau vielleicht sogar vor, ihr hier vor der Crème de la Crème von Mauringen eine Szene zu machen?

„Oh ja, das weiß ich", antwortete Gerstelmeier prompt und langte mit einer schnellen Bewegung in ihr Handtäschchen.

Brenda stockte der Atem. Das fehlte noch, dass die Gerstelmeier ihr zuvorkam! Sie riss das runde Tablett hoch und hielt es sich wie einen Schild vor die Brust. Ein paar Gläser sausten herunter und zerschellten am Boden. Ihr Herz schlug etwas holprig weiter, als sie erkannte, dass es sich bei dem Gegenstand in Gerstelmeiers Hand nicht um eine Pistole, sondern um ein Handy handelte. Zögernd ließ sie das Tablett wieder sinken und bückte sich, um die Scherben aufzulesen.

Gerstelmeier ließ nicht locker. „Eindeutiger geht's ja wohl nicht, oder?" Sie warf sich ein paar Nüsschen in den Mund und kaute energisch, während sie Brenda ihr Handy unter die Nase hielt.

Ungläubig starrte Brenda auf das Display.

Edwin in inniger Umarmung mit einer auf dreißig heruntergetunten Vierzigerin. Langes, geglättetes Blondhaar, braune Rehaugen, eingebettet in aparte Lachfältchen, verruchter Augenaufschlag. Am unteren Bildrand das Datum von letzter Woche. Wenig Stoff zwischen den beiden Körpern. Sehr wenig.
Edwin ging fremd, und zwar doppelt. Mindestens.
Brenda war wie vom Donner gerührt. Das Letzte, womit sie gerechnet hatte, war, dass Edwin Gerstelmeier auch noch in anderen Teichen fischte. Das konnte sogar ihren so perfekt ausgetüftelten Plan zunichtemachen. Was war nur in ihn gefahren? Er fraß ihr doch schon wochenlang buchstäblich aus der Hand, hatte er an ihr etwa nicht genug?
Sie schnappte sich ein Champagnerglas und kippte den Inhalt in einem Zug hinunter. Schenkte sich umgehend nach. Blickte stur über Gerstelmeiers Edelgrauschopf hinweg, atmete kontrolliert und zählte Schäfchen.
„Ich kann einfach nicht mehr", jammerte Lina Gerstelmeier unerwartet los. „Und ich will auch nicht mehr."
Brenda schrak zusammen, die Schafherde in ihrem Kopf raste sofort wieder ungebremst über die Wiese. Ein paar Leute sahen schon neugierig und leicht

amüsiert herüber. Brenda rollte mit den Augen und legte verstohlen den Zeigefinger an ihre Lippen.

„Ach, es passiert also gar nicht zum ersten Mal?" Sie öffnete wie eine Bauchrednerin kaum den Mund und lächelte begütigend, während sie sprach. Unaufgeregte Anteilnahme. Das beste Mittel, um Näheres zu erfahren.

Gerstelmeier zog ein Gesicht, als hätte sie gleichzeitig in eine Zitrone und eine Chilischote gebissen.

„Hab längst aufgehört zu zählen." Sie angelte nach einem Käsebrötchen.

Brenda war kurz davor, die Frau zu bewundern. Da plauderte sie ganz nebenbei von der gewohnheitsmäßigen Untreue ihres Mannes und schob sich währenddessen seelenruhig einen Leckerbissen nach dem anderen in den Schlund. Und zwischendurch prostete sie lächelnd ihren zahlreichen Bekannten zu. Trinkfest war sie also auch noch.

„Das ist kein Käse, sondern eine Waffe", kiekste sie jetzt und legte das angebissene Brötchen angewidert zurück auf die Platte. An den Rand, immerhin. Warum hatten die reichsten Leute bloß oft die schlechtesten Manieren? Brenda hätte schwören können, dass Lina Gerstelmeier ursprünglich aus

eher ärmlichen Verhältnissen stammte. Bis sie sich irgendwann Edwin Gerstelmeier geangelt hatte. Das war aber auch wirklich das Einzige, was sie und die Gerstelmeier gemeinsam hatten.
„Stichwort Waffe, meine Liebe." Gerstelmeier schlang eine Handvoll Trauben hinunter und spülte mit Champagner nach. Trat so nah an Brenda heran, dass sie ihr beinahe auf die Zehen stieg, und raunte: „Ich hab es so satt, betrogen zu werden! Irgendwie muss ich den Kerl loswerden." Durchtriebener Blick. „Und Sie, meine Liebe, werden mir dabei helfen."
Brenda glaubte, sich verhört zu haben. Der Geräuschpegel in der Galerie schwoll, Sekt sei Dank, mehr und mehr an. Infolgedessen wurde der Redner ebenfalls lauter. Jetzt schrie er etwas und riss Otto Schlupps Arm in die Höhe, als befänden sie sich in einem Boxring. Schlupp verbeugte sich selig lächelnd nach allen Seiten, gänzlich überwältigt von sich selbst und seiner künstlerischen Bestimmung, die Nachwelt mit Seife und Schnürsenkeln zu versorgen.
„Ich verstehe nicht, verehrte Frau …", begann Brenda.
„Oh doch", unterbrach Gerstelmeier. „Sie verstehen mich sehr gut. Aber ich wiederhole es auch gerne noch einmal: Der Alte muss weg." Sie fuhr sich blitz-

schnell mit der flachen Hand über den Hals, streckte die Zunge heraus und schielte. „Und zwar bitte noch, bevor ihn sich die andere schnappt." Sie klappte ihr Handy zu und der Deckel zerquetschte unbarmherzig Blondies abgenutztes Verführungslächeln. „Eine Scheidung kommt ja leider nicht infrage. Hat er sich selber zuzuschreiben, von wegen Gütertrennung." Jedes Wort saß wie ein Nadelstich.

„Sie müssen vollkommen verrückt sein", keuchte Brenda, als sie endlich ihre Sprache wiedergefunden hatte. „Warum sollte ich das tun?" Bestimmt würde in der nächsten Sekunde ein manischer Fernsehmoderator um die Ecke schießen und „Hallo Brenda, verstehen Sie Spaß?" schmettern. „Na ja, ganz einfach." Plauderton. Lachskanapee. Champagner. „Sie haben mehr Übung als ich."

In dem Augenblick, als Brenda nach Luft schnappte, brandete der Applaus auf. Die Einführungsrede war endlich vorbei und Brendas erstickter Schrei ging in dem lebhaft einsetzenden Stimmengewirr unter. Der Boden unter ihren Füßen wankte, sie ließ ihr Glas fallen und sank wie angeschossen auf den nächstbesten Stuhl. Irgendein Schlupp glotzte mehrfarbig auf sie herab.

Gerstelmeier ging in die Hocke. Ihr enges Etuikleid machte notgedrungen mit. Aber sicherlich wurden gerade sämtliche Sollbruchstellen aktiviert.
„Ich weiß sogar, wo Sie den Sack mit der Leiche versenkt haben." Gerstelmeier lächelte triumphierend. „Tiefe Wasser sind still, was?"
Brenda, unfähig, auch nur einen einzigen Ton hervorzubringen, hörte gleich mehrere gerstelmeiersche Nähte reißen, aber im Augenblick fehlten ihr die Nerven für Schadenfreude. Düsenjäger donnerten durch ihren Kopf, die Galerie begann plötzlich, sich um sich selbst zu drehen. Sie schloss die Augen und krallte sich mit beiden Händen an ihrem Stuhl fest.
„Ich hab Sie beobachtet in jener dunklen Nacht. Als Hobby-Ornithologin treibe ich mich öfter auch mal nachts im Wald herum." Gerstelmeiers Flüstern war fast unhörbar.
Brenda wurde kreidebleich. Sie hatte sich die ganze Zeit über so sicher gefühlt, und nun gab es offensichtlich doch eine Zeugin! Mal ganz davon abgesehen, dass ihr in erschreckend absehbarer Zeit Henris Geld auszugehen drohte.
Der Galerist eilte besorgt herbei. Lina Gerstelmeier und er hakten Brenda links und rechts unter und

führten beziehungsweise schleiften sie gemeinsam in das kleine Hinterzimmer mit dem Sofa.
„Liebe Frau Abendroth, was machen Sie denn für Sachen?“, plapperte er drauflos. „Aber das ist sicher nur die Hitze.“ Und ohne eine Antwort abzuwarten: „Könnten Sie sich bitte kümmern, liebe Frau Gerstelmeier? Ich sollte wohl besser gleich …“ Schon war er wieder draußen und warf die Tür hinter sich zu.
„Wenn der Gute wüsste, wie ausnehmend gern ich mich um Sie kümmere, Kindchen.“
Lina Gerstelmeier quetschte sich neben Brenda auf den engen Zweisitzer. Die Beine der beiden Frauen berührten sich und Brenda spürte überrascht Gerstelmeiers kräftige Oberschenkelmuskeln unter dem seidigen Mauve.
„Sie wollen mich erpressen“, ächzte Brenda. Es war keine Frage, sondern eine Feststellung.
„Ich bin nicht sicher, ob der Begriff wirklich greift.“ Gerstelmeier begutachtete die nun teilweise aufgeplatzten Nähte an ihrem Kleid und zupfte hier und da ein paar Fädchen heraus. „Ich will ja nichts von Ihnen haben. Im Gegenteil. Ich will, dass Sie mich von etwas befreien.“ Sie umklammerte beschwörend Brendas Arm. „Nämlich von meinem Purzelchen.“

„Lassen Sie das!“ Brenda schüttelte Gerstelmeier unwillig ab. „Was, wenn ich zur Polizei gehe?“, fauchte sie.
„Nur zu“, nickte Gerstelmeier sanft. „Die werden begeistert sein, dass sie den Fall Henri Abendroth endlich geknackt haben. Und Sie, meine Liebe, können gleich dortbleiben.“
„Nicht ich wandere in den Knast, sondern Sie“, trumpfte Brenda auf. „Erpressung, Anstiftung zum Mord und …“
„Och ja“, schwärmte Gerstelmeier. „Ich sehe uns schon gemeinsam in der Zelle schmoren.“ Sie legte vertraulich eine Hand auf Brendas Knie. „Die ich allerdings einige Jährchen früher als Sie wieder verlassen werde.“
„Wie wär’s mal mit Beweisen? Ich habe meinen Mann nicht umgebracht.“ Brenda fegte Gerstelmeiers Hand weg und kniff die Lippen zu einem wütenden Strich zusammen. Sie saß in der Falle. Aus der Galerie drang gedämpftes Gelächter herüber. Als würden sich alle über sie lustig machen.
„Schön, dass wir hier so gemütlich beieinandersitzen, nicht wahr?“ Gerstelmeiers Blick tauchte tief in Brendas blaue, gefährlich glitzernde Augen. „So ganz unter uns und völlig ungestört.“

Brenda schwieg. Aber ihr hübscher, dunkler Lockenkopf arbeitete bereits auf Hochtouren. Sie hatte sowieso vorgehabt, die Gerstelmeier zu beseitigen, um Edwins Ehefrau werden zu können. Nun würde die Alte eben ein bisschen früher als geplant abtreten müssen. Zeitnah, wie es so schön hieß. Dann wäre sie schon bald Edwins Gattin und gleichzeitig die Zeugin ihrer nächtlichen Bootstour mit dem Leichensack los. Blieb das Problem blonde Handyschnepfe. Es machte wenig Sinn, die auch noch aus dem Weg zu räumen, denn es würden wahrscheinlich immer wieder frische Kandidatinnen nachrücken.
„Ihr Henri war fast achtzig, oder?“ Gerstelmeier riss Brenda aus ihren schwarzen Gedanken. „Stand ja damals in allen Zeitungen, dass Ihr Mann von heute auf morgen spurlos verschwunden ist und seither als vermisst gilt. Jedenfalls dürfte es nicht allzu schwierig gewesen sein, einen wehrlosen Greis zu töten.“ Rezeptaustauschtonfall. „Bei Purzelchen müssen Sie sich schon etwas Komplizierteres einfallen lassen, er ist noch erstaunlich fit für sein Alter.“
Hier musste Brenda ihrer Kontrahentin uneingeschränkt zustimmen, konnte sich aber gerade noch beherrschen, es laut auszusprechen.

„Das kriegen Sie schon hin, ich vertraue da ganz auf Ihre einschlägigen Erfahrungen." Gerstelmeier schaffte es, die Ungeheuerlichkeit wie ein Lob klingen zu lassen. „Und wer weiß, vielleicht lasse ich mich sogar dazu hinreißen, Ihnen ein bisschen was abzugeben. Auf ein paar Milliönchen mehr oder weniger kommt es mir nicht an."
„Diesen Quatsch höre ich mir nicht länger an. Ich habe keinen Schimmer, wovon Sie reden!" Brenda wollte aufspringen. Doch der nächste Satz aus Gerstelmeiers pinkfarbenem Mund ließ sie innehalten.
„Na, jetzt hätte ich doch beinahe mein Dessert vergessen." Mit diesen Worten zog Gerstelmeier einen Insulinpen aus ihrem Handtäschchen. „Wenn ich das Ding hier nicht immer bei mir hätte, könnte ich nicht so munter drauflosfuttern." Sie öffnete ungeniert zwei Knöpfe ihres Kleides, setzte den Pen an und drückte sich das Insulin in den Bauch.
Über Brendas Gesicht huschte ein Lächeln. Auch Henri war Diabetiker gewesen. Ihre Extraportion Insulin hatte ihm damals einen hypoglykämischen Schock beschert. Vielleicht wurde ja doch noch alles gut?
Nachdenklich starrte sie auf Lina Gerstelmeiers feiste Wurstfinger, die gerade damit beschäftigt

waren, das Seidenkleid wieder zuzuknöpfen. An jeder Hand prangten mindestens drei Ringe, einer wertvoller als der andere. Enger machen war ja zum Glück einfacher als weiten.
„Denken Sie nicht mal dran“, brummte Gerstelmeier ohne aufzusehen. „Das Ding hier ist leer und der Neue liegt zu Hause im Kühlschrank.“ Sie nahm den Pen zwischen Daumen und Zeigefinger und schoss ihn wie einen Dartpfeil zielsicher in den kleinen Mülleimer neben dem Couchtisch.
Brenda biss sich auf die Lippen.
Schachspiel. Aber mit zwei schwarzen Damen. Und die Gerstelmeier schien immer einen Zug voraus zu sein. Deshalb gab es eigentlich nur eine einzige Möglichkeit, das Ganze abschließend in den Griff zu kriegen: Sie musste es irgendwie schaffen, Edwin mit ins Mörderboot zu holen.
Und plötzlich wusste sie auch wie.

Carlotta Schwarz war wirklich eine Augenweide. Trotz des drückend schwülen Abends wirkte sie frisch und adrett, während die meisten anderen Gäste wie ausrangierte Marionetten auf ihren Stühlen hingen. Edwin Gerstelmeier sah immer wieder verstohlen zu ihr hinüber und auch Peter Petersen kam aus dem Staunen nicht heraus. Seine Augen wurden von den Brillengläsern so stark vergrößert, dass sie wie aufgeklebt aussahen.

Als sie in ihrer Stammkneipe eingetroffen waren, in der sie sich einmal wöchentlich zum Skatspielen trafen, hatten sie gerade noch den letzten einigermaßen gut beleuchteten Platz im Biergarten ergattert. Bunte Lampions schwebten über den wackligen Tischen, die Bedienungen kamen kaum hinterher, Getränke herbeizuschleppen.

Edwin Gerstelmeier, schick in weißes Leinen gekleidet, teilte gerade Karten aus. Er passte etwa so gut in den rustikalen Biergarten wie ein Golfer in eine Heavy-Metal-Disco. Der oberste Knopf seines Hemdes war geöffnet, die Krawatte hing ihm offen um den Hals. Der schusselige Petersen war, wie immer, eine Gefahr für alles, was auf dem Tisch herumstand. Besonders, wenn er gute Karten hatte. Man tat gut daran, zumindest die Getränke möglichst außerhalb seiner Reichweite zu deponieren.

Carlotta Schwarz schwitzte entsetzlich unter ihrer blonden Mähne. Sie trug leichte Shorts und ein Seidentop. Alle paar Minuten stöhnte sie, fasste die dichten Haare im Nacken zusammen und fächelte sich mit der Speisekarte Luft zu.

„Wie läuft's in der Villa, Edwin? Mit der holden Gattin alles in Ordnung?" Petersen grinste frech.

„Ach, wir gehen uns aus dem Weg, so gut das eben möglich ist, wenn man im gleichen Haus wohnt." Schnaubendes Lachen. „Sie ist ja nicht gerade ein Fan von mir." Edwin Gerstelmeier machte eine wegwerfende Handbewegung, die der Kellner als Aufforderung interpretierte, an den Tisch zu kommen. „Noch ein Weizen, bitte. Aber eiskalt", bestellte Gerstelmeier. „Das letzte war warm wie …"

„Ist sicher kein Zuckerschlecken mit ihr, was?", fiel Petersen Edwin Gerstelmeier mit seiner unverwechselbar blechernen Stimme ins Wort. Er war noch dabei, seine Karten zu sortieren, aber seine Augen leuchteten bereits wie die Lampions über ihren Köpfen. Ein sicheres Zeichen dafür, dass er ein Bombenblatt auf der Hand hatte. Zumindest glaubte er das. Schwarz und Gerstelmeier grinsten sich über seinen gebeugten Kopf hinweg an.

„Wie lange wollt ihr denn eigentlich diese Farce in der Villa noch durchhalten?", fragte Carlotta. „Ist nicht allmählich der Punkt erreicht, an dem man sich ein-

gestehen müsste, dass das Ganze gescheitert ist?"
„Von Aufgeben will sie partout nichts wissen", seufzte Gerstelmeier. „Stur wie sonst was! Ihr kennt sie ja."
„Umpf", Petersen ließ prompt seine Karten fallen.
„Und zu allem Überfluss gibt's noch diese Kampfkatze", stöhnte Gerstelmeier. „Mit dem passenden Namen Engelchen. Könnte man Katzen auf Schmerzensgeld verklagen, wäre ich inzwischen steinreich."
Ein zarter Piepton. Gerstelmeier blickte auf sein Handy und sein Gesicht wurde augenblicklich zu Stein.
„Verschwindet", brummte er nur. „Es geht los."

„Du glaubst mir nicht?" Brenda Abendroths Stimme überschlug sich fast vor Empörung. Aber schon einen Augenblick später hatte sie sich wieder gefasst. Schließlich waren sie hier nicht allein. „Edwin, ich sage dir, deine reizende Gattin weiß sehr wohl von deiner neuesten Eroberung", wisperte sie. „Sie hat mir sogar einen Schnappschuss von ihr gezeigt."
„Lina spioniert mir nach?", fragte Edwin Gerstelmeier verdattert. „Und was das Tollste ist: du auch, Brenda? Was soll das?" Er rollte seine Krawatte wie eine Lakritzschnecke zusammen und stopfte sie in die Hosentasche.

„Na, offenbar nicht ganz zu unrecht, du betrügst uns ja beide!“ Brenda rümpfte vorwurfsvoll ihr Näschen. In dem Biergarten roch es nach Bratkartoffeln und ordinären Tütensuppen; kaum die passende Umgebung für einen millionenschweren Schuhfabrikanten. Inzwischen waren nicht mehr alle Tische besetzt, trotzdem war der Lärmpegel gestiegen. Der typische Wochenendeffekt. „Und zwar mit der feinen Dame, die mit dir und eurem Gärtner vorhin hier Karten gespielt hat. Ich hab sie sofort wiedererkannt!“
„Brenda, Herzchen, ich kann dir alles erklären …“, stotterte Edwin mit hochrotem Kopf. Mit leise bebenden Fingern öffnete er auch noch den zweitobersten Knopf seines blütenweißen Hemdes. Lockiges graues Brusthaar lugte hervor. Eine Pracht, die er sich eher auf seinen kahlen Kopf gewünscht hätte.
„Du musst mir gar nichts erklären“, unterbrach Brenda ihn scharf. „Ich weiß schon noch, wie es geht. Auch wenn es bei uns schon ’ne ganze Weile her ist.“ Sie sah umwerfend aus in ihrem hautengen, trägerlosen Kleid. Auf dem sonnengebräunten Dekolleté prangte ein rubinrotes, in Gold eingefasstes Seepferdchen, große goldene Ohrringe blitzten aus ihren dunkelglänzenden Locken hervor.

„Aber Carlotta ist meine Nichte“, erklärte Edwin eifrig. „Ich schwöre dir …“
„Klar. Wie viele Nichten hast du denn?“, fragte Brenda spitz, wartete die Antwort aber gar nicht erst ab. „Du wirst es nicht glauben, mein Schatz, aber deine Betthäschen sind mir piepegal.“
„Ach?“ Edwins ältliches Gesicht mit den niedlichen Hängebacken entspannte sich sichtlich. „Dann ist also zwischen uns alles wieder gut?“
„Kommt ganz darauf an, was du für unsere Zukunft zu tun bereit bist und wie intelligent du dich dabei anstellst.“ Kurze, wütende Pause. Brenda saß kerzengerade auf ihrem unbequemen Klappstuhl und baute Bierdeckelhäuschen. Es half. Ihre Stimme war so ruhig wie ihre Hand. „Wir müssen handeln, Edwin, und zwar schnell. Aber das erkläre ich dir später.“
„Alles, was du willst, Herzchen.“ Edwin ergriff feurig Brendas zierliche Hände und bedeckte sie mit Küssen.
„Nicht hier, du Idiot!“, zischte Brenda, versetzte ihm einen Klaps auf die Finger und winkte den Kellner herbei. „Komm, lass uns verschwinden.“ Ihre Augen wirkten in dem braun gebrannten Gesicht heute besonders strahlend und blau, die Lippen hatten die-

selbe Farbe wie ihr aufregendes Kleid. Blutrot. „Wir beide machen jetzt eine kleine Nachtwanderung."
„Es ist schon spät", wehrte sich Edwin. „Ich sollte eigentlich lieber …"
„Es geht um Leben und Tod, alter Mann", raunte Brenda eindringlich. „Und das ist kein Scherz."
Der herbeieilende Kellner setzte einen dezent unbeteiligten Gesichtsausdruck auf und legte einen mit Zahlenkolonnen beschriebenen Zettel vor Edwin auf den Tisch. Der Hitzestau ließ seine Augen hervorquellen wie Glasmurmeln.
„Dass du immer derart übertreiben musst, Herzchen." Edwin seufzte ergeben und zahlte zähneknirschend.
Brenda marschierte aus dem Biergarten und zog den sich noch immer Sträubenden hinter sich her wie ein unartiges Schoßhündchen. Fehlte bloß noch die Leine. Doch so lange sie sich noch nicht im Wald befanden, musste sie vorsichtig sein. Trotz der späten Stunde waren noch jede Menge Menschen in den nächtlichen Gassen der Altstadt unterwegs. Es war Freitagabend, der schönste Tag der Woche, Auftakt zu einem herrlich langen Sommerwochenende. Die rötlich beleuchtete Burg, eingebettet in den nachtschwarzen Wald, schwebte wie eine Fata Morgana über der Stadt.

Kaum waren sie in den einsamen Waldweg eingebogen, schlang Brenda einen Arm um Edwins Hüfte. „Ach, Edwin", hauchte sie. „Du musst jetzt sehr stark sein: Deine reizende Gattin weiß nämlich nicht nur bestens Bescheid über deine plötzlich vom Himmel gefallene … äh … Nichte." Sie legte eine wohlkalkulierte Pause ein, in der Gerstelmeier sich verlegen räusperte. „Sie schmiedet auch schon handfeste Pläne, dich aus der Welt zu schaffen, bevor du sie wegen einer deiner Gespielinnen aus dem Paradies jagst." Edwin zuckte zusammen. Ein fast wehmütiges Lächeln umspielte Brendas Lippen. „Und Achtung, jetzt kommt's. Sie will, dass ich ihr dabei assistiere!"
Edwin blieb stehen, bog den Oberkörper zurück und brach in hysterisches Gelächter aus.
„Deine Fantasie geht mit dir durch, Herzchen. Die gute alte Lina würde doch niemals …"
„Alt schon", höhnte Brenda, schrill vor Ungeduld. „Aber gut?" Zum Glück befanden sie sich schon mitten im Wald und waren allein. Sie konnten die Burg jetzt nicht mehr sehen, weil sie direkt unter ihr hergingen. Nach der nächsten Aufwärtskurve würden sie den Burggraben erreichen. „Wenn du wüsstest, wie sie von dir redet!" Brenda stampfte mit dem Fuß

auf. „Dickbräsiger Geldsack, Glatzen-Ede. Und das sind noch die freundlichen Kosenamen." Verstohlen amüsierter Seitenblick zu dem leinenweißen Edwin. „Fliesenrammler."

„Das spinnst du dir gerade zusammen", begehrte Edwin auf. „Sie kann ja gar nicht wissen, dass du und ich im Badezimmer..."

„Sie hat mir Geld angeboten, viel Geld", sagte Brenda schnell. Offenbar war Lina nie in den Genuss von Edwins rückenbetonter Fliesenmassage gekommen. „Deine Frau will dich loswerden, glaub mir. Und zwar möglichst umgehend."

Blätterrauschen, ein leichter Sommerwind kam auf.

„Aber warum solltest ausgerechnet du ihr dabei helfen?", fragte Edwin plötzlich misstrauisch. „Sag mal, hat sie..." Er blieb abrupt stehen und packte Brendas nackten Arm. Ihre Haut fühlte sich glatt und kühl an. Schlangenhaut. „Sie hat doch nicht irgendetwas gegen dich in der Hand?"

„Denk doch mal nach, es ist ganz einfach." Brenda drehte sich zu Edwin und stach ihm sachte mit dem Zeigefinger in die Brust. Ihr herzförmiges Gesicht war ausdruckslos wie eine Maske, die Anspannung ließ ihre Stimme hart klingen. „Ich habe keine Ahnung, wie sie es geschafft hat, aber von uns beiden existiert auch ein solches Foto", log sie. „Deine Gattin muss uns irgendwo zusammen gesehen haben. Sie unterstellt mir doch tatsächlich, dass ich nur an dein Geld will." Was die Sachlage durchaus treffend beschrieb. „Lina scheint es nicht für möglich zu halten, dass eine Frau sich einfach nur um deinetwillen in dich verliebt. So wie es bei mir der Fall ist."

„Aber selbstverständlich", bekräftigte Edwin mechanisch. Sie betraten die schmale Brücke und überquerten den Burggraben, der rabenschwarz unter ihnen lag. „Wenn es nach deiner Frau ginge, würde ich dir übrigens genau jetzt einen netten, kleinen Schubs verpassen und du würdest schreiend in den Abgrund stürzen", sagte Brenda zu Edwins Rücken.

„Tu's doch!" Edwin fuhr unerwartet heftig herum und blieb mitten auf der Brücke stehen; herausfordernd starrte er Brenda an. Ihre Augen glommen in der Dunkelheit auf, zwei flackernde Schlitze, unergründlich wie Katzenaugen. „Dann seid ihr mich beide los und könnt euch mein Vermögen teilen."

Brenda stockte der Atem. Noch bist du nicht an der Reihe, Freundchen! Allerdings kam Edwin der Wahrheit gerade gefährlich nahe. Er konnte natürlich nicht ahnen, dass sie bereits eine Leiche im Keller hatte. Beziehungsweise im See. Und als Sahnehäubchen obendrauf eine gerissene Zeugin, was einen wesentlich strafferen Zeitplan erforderlich machte. Bei dem Gedanken an Edwins heimtückische Gattin juckte es Brenda in den Fingern. Schade eigentlich, dass man einen Menschen nur ein einziges Mal umbringen konnte!

„Die gute alte Lina will deinen Skalp, nicht ich", erinnerte sie Edwin mit kalter Stimme und blickte ihm dabei fest in die Augen. „Das sollte dir eigentlich Beweis genug sein." Die Nacht hatte alle Farben ausgelöscht. Brendas Kleid war nicht mehr rot, sondern grau, ihre vollen Lippen beinahe schwarz. Wenn sie sprach, öffnete sich ihr Mund wie eine klaffende Wunde. Edwin schauderte.

„Ich kann einfach nicht glauben, dass Lina mich so sehr hasst, dass sie mich töten will", japste er und tappte verunsichert weiter. Brenda blieb ihm dicht auf den Fersen. Scheinwerferstrahlen tauchten die alten Burgmauern in ein kulissenhaftes, rötliches Licht und ließen den Wald umso undurchdringlicher erscheinen. Inmitten der zerklüfteten Ruinen erhob sich ein verfallener Turm, der hoch in den Himmel aufragte.

„Bilde dir bloß nicht ein, dass sie dich hasst, Edwin.“ Dranbleiben, den Leichensack zumachen. „Dazu müsste sie dich ja geliebt haben.“ Brenda wusste, dass ihre Worte wie Peitschenhiebe waren. „Mach endlich die Augen auf, Liebling! Deine Frau will einfach nur ihre Schäfchen ins Trockene bringen.“

Edwin schwieg verstört. Der steile Aufstieg hatte ihn ins Schwitzen gebracht, ständig fuhr er sich mit seinem albernen Monogrammtaschentuch über den blanken Schädel.

Im Burghof lagen zwischen den hügeligen Grasnarben überall Steine und Felsbrocken im Weg; man musste höllisch aufpassen, um nicht zu fallen. Brenda hakte sich bei Edwin unter und drückte versöhnlich seine Hand. Zuckerbrot. Sie überquerten Arm in Arm den Hof, schlüpften durch die schmale Tür in der Burgmauer und betraten die leicht abfallende, von hüfthohen Hecken umsäumte Terrasse. Tief unter ihnen lag die Stadt mit ihren bunten Lichtern, die laue Luft war erfüllt vom Zirpen der Grillen.

„Allerdings könnten wir den Spieß auch einfach umdrehen.“ Brenda blickte starr geradeaus, die Worte fielen kalt wie Eiswürfel aus ihrem schönen Mund.

„Was, um Himmels willen, meinst du damit?" Edwin fuhr zurück. „Du willst Lina doch nicht etwa...?" Er flatterte in seinem weißen Sommeranzug um Brenda herum wie ein aufgescheuchtes Gespenst. „Sollten wir nicht lieber zur Polizei gehen?"
Eine Bombenidee. Und so originell.
„Edwin, Liebling." Brenda sprach zu ihm wie zu einem Kleinkind. „Was, glaubst du wohl, würden die tun?" Nachsichtig, freundlich. Obwohl sie am liebsten losgebrüllt hätte. „Deine Frau in einen dunklen Kerker werfen? Und wir alle leben glücklich und zufrieden bis an unser Lebensende?"
„Na ja", stotterte Edwin. „So ähnlich."
„Kein Mensch würde uns glauben", stieß Brenda mühsam beherrscht hervor. „Wir können ja nichts beweisen."
„Trotzdem", beharrte Edwin. „Es will mir nicht in den Kopf, dass Lina..."
„Außerdem würde unsere Affäre ans Licht kommen und das sähe gar nicht gut für uns aus", unterbrach Brenda ihn unerbittlich. „Und wenn Lina merkt, dass ich nichts gegen dich unternehme, wird sie jemand anderen auf dich ansetzen oder selbst Hand anlegen. Sie glaubt nämlich, nicht mehr viel Zeit zu

haben wegen deiner…“, wieder warf sie ihm einen bitterbösen Blick zu, „Nichte.“

Edwins Schultern sackten nach vorn, allmählich schien er den Ernst seiner Lage zu begreifen. Jetzt war es nicht mehr die Hitze, die ihn zum Schwitzen brachte, sondern die Angst. Aus dem Augenwinkel bemerkte Brenda, wie er in den Hosentaschen fieberhaft nach seinem Taschentuch suchte, das ihm vorn wie ein Lätzchen aus dem Hemd hing.

„Du hast überhaupt keine Wahl, Liebling“, legte sie nach. „Du musst Lina töten, bevor sie dich tötet.“

„Nein!“, rief Edwin verzweifelt aus. „Nein, das kann ich nicht.“ Die Krötenwülste in seinem Nacken quollen über den offenstehenden Hemdkragen, sein Schädel glänzte im Mondlicht.

„Das habe ich mir schon gedacht.“ Brenda sah zu ihm auf, in ihrem Blick lag leise Verachtung. „Aber ich kann es.“ Mit einem entschiedenen Ruck zog sie ihm das Taschentuch aus dem Hemd und hielt es ihm unter die Nase.

„Brenda“, klagte er. „Was hast du vor?“ Er griff hastig nach dem Taschentuch und tupfte sich die Schweißperlen von der Oberlippe. Er wollte einfach nicht glauben, dass diese zierliche, bildhübsche

Frau tatsächlich zu einem Mord fähig sein sollte.

„Lass mich nur machen." Brenda lächelte geheimnisvoll. „Das einzige, was du tun musst, ist, mir ein paar von Linas Insulinpens zu beschaffen und dafür zu sorgen, dass morgen Nacht die Hintertür eures Hauses offen bleibt. Den Rest erledige ich."

Lautlos glitt ein Flugzeug über den Nachthimmel und hinterließ einen feinen, wabernden Nebelstreifen, der noch sekundenlang zwischen den Sternen hing, bevor er sich auflöste. Edwin schluckte.

„Woher weißt du denn überhaupt, dass Lina …?" Seine Stimme versagte, als hätte jemand gerade irgendeinen überlebenswichtigen Stöpsel gezogen.

„Neulich in der Galerie hat sie fröhliches Pfeilwerfen gespielt und mir damit die Mordwaffe quasi auf dem Silbertablett serviert." Und als Edwin nur verständnislos den Kopf schüttelte: „Ganz einfach, ich werde deine Frau im Schlaf überraschen und ihr eine dreifache Ladung Insulin verpassen." Edwin wagte vor Grauen nicht, Brenda anzublicken. Aber er hörte ihrer Stimme an, dass sie zufrieden lächelte. „Sie wird auf der Stelle einen hypoglykämischen Schock erleiden und nie wieder aufwachen. Der perfekte Tod. Beneidenswert, oder?"

„Und wenn's schiefgeht?", heulte Edwin auf. Der ausgelassene Grillenchor auf der Wiese hinter der Hecke brach irritiert ab und setzte dann mit unverminderter Lautstärke wieder ein. „Was, wenn Lina wach ist? Sie hat in letzter Zeit einen sehr leichten Schlaf."
„Sie wird schlafen, glaub mir." Brenda stellte sich auf die Zehenspitzen, umfasste Edwins Gesicht mit beiden Händen und küsste ihn innig auf den Mund. „Weil du ihr nämlich am Abend ein Schlafmittel unterjubeln wirst." Sie hielt ihm schelmisch ihren schlanken Zeigefinger unter die Nase. „Und dass du mir das ja nicht vermasselst, Schatz." Beschwingt ergriff sie seine Hand. Zeit für den Rückweg, schließlich war alles gesagt.
Die Burg wirkte auf einmal abweisend und finster; die alten Mauern schienen sich drohend herabzuneigen, bereit, alle Frevler unter sich zu begraben.
„Und was machen wir mit … mit …?" Edwin fehlte offenbar die Kraft, es auszusprechen.
„Mit ihrer Leiche?" Brenda schnaubte verächtlich. „Gar nichts machen wir. Gar nichts!"
Sie überquerten erneut den Burggraben und erreichten den tunnelartigen Waldweg, der in Serpentinen in die Stadt hinunterführte. Eine Wolke hatte sich

vor den Mond geschoben, stahl das letzte bisschen Licht. Es war, als stiege man in eine Totengruft.
„Du wirst deine Gattin am nächsten Morgen finden und zutiefst erschüttert einen Notarzt rufen." Schritt für Schritt tasteten sie sich voran. „Aber natürlich erst, wenn du ganz sicher bist, dass ihr nicht mehr zu helfen ist."
„Und was machst du?" Edwin strauchelte wieder.
„Was glaubst du denn?" Brenda verdrehte die Augen, aber das konnte Edwin zum Glück nicht sehen. Eisern zwang sie sich zu Geduld und Sanftmut. „Ich werde selbstverständlich sofort nach der Tat das Haus verlassen. Oder hast du vielleicht gedacht, ich bleibe auf Linas Bettkante hocken und halte ihr Händchen?"
„Und was geschieht dann?", fragte Edwin wie ein kleiner Junge, dem Mami ein Märchen vorliest.
Und dann und dann und dann! Brenda stöhnte leise. Einzig und allein die Aussicht, dass sie schon bald die neue steinreiche Frau Gerstelmeier sein würde, hielt sie davon ab, aus der Haut zu fahren. Aber sie war kurz davor, dem Schlötterling ein Bein zu stellen und ihn quer in ein Kaninchenloch zu stopfen.
„Man wird Lina untersuchen und feststellen, dass sie viel zu viel Insulin intus hat…", sagte sie, „… und au-

tomatisch davon ausgehen, dass sie sich versehentlich selbst eine Überdosis gespritzt hat. Du wirst schluchzend bestätigen, dass sie in letzter Zeit immer vergesslicher wurde und du sie ständig darum bitten musstest, sich endlich ein Insulinkalenderchen zuzulegen. Was Lina aus purem Eigensinn nicht tun wollte."
„Wieso redest du ständig in der Vergangenheit?", jammerte Edwin. „Lina lebt doch noch."
„Nicht mehr allzu lange, mein Schatz. Wir sollten sofort in Aktion treten." Obwohl er furchtsam schwieg, spürte Brenda, dass Edwins Widerstand mehr und mehr bröckelte. Seine Bedenken ihr selbst gegenüber hatte sie vorhin mit der Burggrabennummer anscheinend zerstreut, jetzt hatte er nur noch Angst vor Lina. „Ach ja, und Linas Tod hätte noch einen weiteren, ganz entscheidenden Vorteil."
Der schaurige Schrei eines Käuzchens ließ beide jäh zusammenfahren, sie klammerten sich aneinander und brachen gleich darauf in befreites Gelächter aus, als sie die Flügelschläge über ihren Köpfen hörten. Ein Mondstrahl kämpfte sich durch das Laub und fiel auf Brendas strahlendes Gesicht. Todesengel.
„Wir wären endlich frei und könnten heiraten."

Es war eine sternklare Nacht, kurz vor halb vier, für die meisten Menschen die Zeit des tiefsten Schlafes. Lina Gerstelmeiers Schlaf würde bald noch viel tiefer sein, in wenigen Stunden schon. Wenn alles nach Plan lief, würde sie zu einem Zeitpunkt ihr Leben aushauchen, an dem Brenda bereits wieder zu Hause in ihrem Bett lag.
Bei Henri hatte Brenda es sich damals so leicht wie nur möglich gemacht, hatte ihn mühelos im Wald überrumpelt. Die einzige Schwierigkeit hatte darin bestanden, ihren starrköpfigen Ehemann überhaupt erst zu einem Mondscheinspaziergang zu überreden – das hatte in der Tat fast drei Wochen gedauert. Der Rest war ein Kinderspiel gewesen. Sack, Steine, See. Zumal Henri kaum mehr gewogen hatte als sie selbst. Aber Lina musste zwingend zu Hause in ihrem eigenen Bett sterben. Nur so war es möglich, im Bedarfsfall Edwin den Mord in die Schuhe zu schieben. Natürlich musste sie aufpassen, keine Spuren zu hinterlassen, deshalb auch der Latexoverall, die Strumpfmaske und die Gummihandschuhe. Der Tag war extrem heiß gewesen und in der Nacht hatte es sich, wie schon seit Wochen, kaum abgekühlt. Sie schwitzte ganz erbärmlich in dem Zeug.

Vorsichtig ließ sie den Lichtkegel ihrer kleinen Taschenlampe über den Fußboden gleiten. Wie praktisch, dass sie sich in der Villa so gut auskannte! Auf leisen Sohlen durchquerte sie die großzügige Eingangshalle, von der auf beiden Seiten zwei elegant geschwungene Treppen in das obere Stockwerk führten, wo sich die Schlafzimmer befanden. An der Wand stufenförmig angeordnete Bilder, Schlupp, Schlupp, Schlupp. Linas Räumlichkeiten lagen auf der rechten Seite ganz am Ende des Ganges, direkt daneben das Gästezimmer, in das der bedauernswerte Edwin angeblich schon vor Jahren ausgelagert worden war.
Bestimmt kauerte er jetzt bibbernd unterm Bett und nagte an einem Zipfel seines Kopfkissens. Brenda erwog kurz, ihm einen kleinen Überraschungsbesuch abzustatten, entschied sich dann aber dagegen. Womöglich schrie er bei ihrem befremdlichen Anblick das ganze Haus zusammen, das durfte sie nicht riskieren. Immerhin wohnte der Gärtner im angrenzenden Nebengebäude.
Lautlos wie eine Katze schlich Brenda die Treppe hinauf. Merkwürdig war, dass Lina Gerstelmeier ihr erpresserisches Wissen erst jetzt, nach über zwei Jahren, ausspielte. Aber vielleicht hatte sie einfach nur

auf den richtigen Zeitpunkt gewartet, an dem sie eine Gegenleistung für ihr Schweigen fordern konnte? Tja, nun war es jedenfalls deutlich zu spät, sie zu fragen. Die Frau war bereits so gut wie tot.
Außerdem hatte auch Brenda einen unschlagbaren Trumpf in der Hand. Sie würde die Insulinpens nach der Tat mitnehmen und sicher verwahren. Mit Edwins Fingerabdrücken versehen waren sie sozusagen ihre Absicherung auf Lebenszeit. Wenn ihr zukünftiger Gatte also nicht spurte, konnte sie ihn damit jederzeit ans Messer liefern. Brenda jubilierte und machte übermütig ein paar Tanzschritte. Eins, zwei, Cha-Cha-Cha. Ab morgen hätte sie ihren Goldesel fest an der Leine, und zwar bis an sein Lebensende. Möglicherweise musste sie nicht einmal das Risiko eingehen, einen dritten Mord zu begehen.
Der alte Trottel hatte tatsächlich Wort gehalten und ihr brav Linas Pens beschafft, voll bis zum Anschlag mit Insulin. Sicherheitshalber hatte Brenda auch noch ein Messer eingesteckt, hoffte aber inständig, es nicht benutzen zu müssen. Sie verabscheute nackte Gewalt. Linas Tod sollte sanft und lautlos sein.
Ihre Schritte in den Turnschuhen wurden von dem geräuschdämmenden Korkboden verschluckt, der

sämtliche Böden in der Villa bedeckte. Nachgiebig wie Waldboden, man hatte das Gefühl zu schweben. Vor Linas Zimmertür blieb sie stehen, im Haus herrschte Grabesstille. Wo steckte eigentlich dieser vermaledeite Stubentiger? Hoffentlich nicht ausgerechnet in Linas Schafzimmer?

Sachte drückte sie die Klinke herunter und schob sich Zentimeter für Zentimeter in Linas Schlafgemach. Wo immer Engelchen sich auch herumtrieb, hier war sie jedenfalls nicht, sonst wäre sie längst kreischend hervorgeschossen. Bleiches Mondlicht durchflutete das Eckzimmer, der Deckenventilator unter dem Efeukranz aus Stuck surrte gleichmäßig vor sich hin. Beide Flügel der Terrassentür standen weit offen, ein milder Luftzug spielte mit den zarten Vorhängen und bauschte sie leise auf.

Ein Schatten zu ihrer Linken ließ Brenda erstarren, ihr Herz setzte aus; bis sie begriff, dass es nur ihr eigenes Bild im Spiegel der Frisierkommode war. Ein Kleiderschrank nahm die gesamte Wandbreite bis hin zur Fensterfront ein, das Wasserbett war auf der gegenüberliegenden Seite des Raumes in eine Art Podest eingelassen. An beide Seiten des Bettes schmiegten sich weiße Stufenkommoden, die links und rechts an der Wand entlangliefen. Dort standen ein Wecker, Kerzenständer, Bücher, Fotorahmen und eine Wasserflasche. Nachdem Brendas Augen sich an das Zwielicht gewöhnt hatten, konnte sie achtlos abgelegte Schmuckstücke ausmachen. Auf dem Boden vor dem Bett lagen Kleidungsstücke herum, unter der eleganten Stehlampe eine hastig abgestreifte Sandale. Lina Gerstelmeier schien nicht allzu ordnungsliebend zu sein.

Wie aufgebahrt lag sie in den gestärkten Laken, die Hände sittsam über der Brust gefaltet, als wäre sie bereits tot. Brenda fand es sehr erfrischend, die Gerstelmeier zur Abwechslung mal schweigsam zu erleben. Über dem Bett hing die lebensgroße Schlupp-Familie, und selbst im Halbdunkel fühlte Brenda Otto Schlupps klebrigen Blick auf sich ruhen. Sie schwor sich, das Gemälde auf der Stelle entfernen zu lassen, sobald sie als Edwins neue Gattin in die Villa Einzug halten würde.

Lina machte sich anscheinend wirklich nicht viel aus Sonnenbaden, obwohl doch draußen im Garten ein tennisplatzgroßer Pool lockte. Sie trug einen Hauch von einem Seidenpyjama, zwischen Oberteil und Dreiviertelhose schimmerte eine blasse Halbkugel hervor. Perfekt! Ihr Bauch schien regelrecht auf die Todesspritze zu warten. Ihr draller Körper war zwar übergewichtig, wirkte aber dennoch trainiert. Bestimmt trieb sie regelmäßig Kraftsport in dem hauseigenen Fitnessstudio.

Mit kaltem Herzen starrte Brenda auf die Schlafende herab. Lina hatte den Tod zweifellos verdient, immerhin hatte sie Brenda dazu angestiftet, Edwin zu ermorden. Brenda zog mit endlos langsamen Bewegungen einen Insulinpen hervor und legte das mitgebrachte Messer in Griffnähe bereit.

„Adieu, Lina“, hauchte sie und hob in Zeitlupe die Hand, die Spritze glänzte teuflisch in dem fahlen Licht. Brenda stand jetzt ganz dicht am Bett, ihre Beine berührten das kühle Gewebe der Matratze, die das sachte wogende Wasser umschloss. Brenda blickte ein allerletztes Mal auf das im Mondlicht wächsern aussehende Gesicht herab – und fuhr mit einem Schreckensschrei zurück.

Zwei riesige Augen starrten ihr entgegen.

„Guten Abend, Brenda!“, schnarrte die Gerstelmeier. „Oder sollte ich lieber sagen: guten Morgen?“

Brenda ließ die Spritze fallen, das Blut rauschte ihr in den Ohren, sie tastete keuchend nach ihrem Messer,

warf sich über das Bett und stach wie besessen auf die sich heftig wehrende Gestalt im Seidenpyjama ein.
„Worauf wartet ihr?“, brüllte Hauptkommissarin Marta Soltan alias Lina Gerstelmeier. „Meinen Arm hat sie schon aufgeschlitzt!“
Plötzlich lag das Zimmer in gleißendem Licht. Soltan wand sich mit einer überraschend geschmeidigen Drehung unter Brendas schlankem Körper hervor und ließ sich blitzschnell auf der anderen Seite des Bettes zu Boden gleiten. Brenda setzte ihr, ziellos mit dem Messer zustoßend, nach. Otto Schlupps Freeflow-Matratze verabschiedete sich mit einem gurgelnden Seufzer.
„Es ist vorbei, Brenda!“
Brenda fuhr herum und jaulte auf wie ein in die Falle geratenes Tier. Sie sprang mit einem Satz von dem in sich zusammensackenden Bett, ihre Strumpfmaske war verrutscht, hing ihr wie Rumpelstilzchens Kapuze über den Rücken. In heillosem Entsetzen schossen ihre Blicke zwischen Edwin und dem Gärtner Petersen hin und her, die, jeder mit einer Pistole bewaffnet, auf sie zusprinteten. Beide trugen Schulterholster.
„Ihr habt mich reingelegt, ihr Bullenschweine!“, heulte sie, taumelte nach hinten und fiel über Engel-

chen, die durch die Tür gejagt war und sich sofort maunzend über Brendas hautengen Latexanzug hermachte. Die nächsten Sekunden waren erfüllt vom Scharren scharfer Krallen auf Gummi und Brendas blutrünstigen Verwünschungen.

„Der teure Schlafanzug ist hinüber", schimpfte Marta Soltan und sah an sich hinab. „Ein paar Sekunden später und diese Furie hätte mich in lauter handliche Einzelteile zerlegt!" Sie presste einen Stofffetzen an ihren Oberarm, Blut sickerte darunter hervor.

„Das Ding steht Ihnen sowieso nicht, Frau Kollegin", tröstete Kriminalassistent Petersen. „Viel zu bieder." Er beugte sich über Brenda, die Marta Soltan ungläubig anstarrte, riss ihr die Hände auf den Rücken und ließ die Handschellen zuschnappen. „Brenda Abendroth, geborene Hufnagel, Sie sind vorläufig festgenommen wegen des dringenden Tatverdachts, vor zwei Jahren Ihren Ehemann Henri Abendroth ermordet zu haben, und zwar ebenfalls mit Insulin."

Nach mehreren Anläufen schafften Edwin Krummbach und Petersen es schließlich, die heftig um sich tretende Brenda Abendroth auf die Beine zu stellen.

„Gegenwehr ist pure Energieverschwendung", erklärte Kommissar Krummbach beinahe sanft.

„Und, ach ja – legen Sie Wert darauf, unsere Dienstmarken zu sehen?"
„Du wagst es, mich zu siezen?", schrie Brenda hasserfüllt und spuckte nach Krummbach, traf aber nur seine abgetragenen Turnschuhe. „Du elender Heuchler, du sexbesessener Tattergreis ..."
„Ich wollte es ja nicht wahrhaben ..." Krummbach wich Brendas mordlüsternen Blicken aus und fuhr sich mit seinem Monogrammtaschentuch über die Glatze. Volle drei Stunden hatte seine Frau dazu gebraucht, die elegant geschwungenen Buchstaben *EG* aufzusticken. „Aber jetzt haben wir den endgültigen Beweis. Sie hätte es tatsächlich noch einmal getan."

„Und? Ist euch die Abendroth tatsächlich ins Netz gegangen?"
Carlotta Schwarz stürmte ins Dienstzimmer der Mauringer Kripo, Blätter wirbelten durcheinander, Edwin Krummbach presste ein *Ja* hervor und warf sich gleichzeitig mit dem Oberkörper schützend über seine Akten. Er war in luftiges Leinen gekleidet, seine Füße steckten in Mokassins – ohne Socken. Ein bisschen war in puncto Styling offensichtlich doch hängen geblieben.

„Wurde aber auch Zeit. Das ist dein Ende, Fifi!" Carlotta Schwarz riss sich erleichtert die platinblonde Mähne vom Kopf, darunter kam ein zerzauster Schopf zum Vorschein. Schweißperlen auf Stirn und Schläfen. Sie öffnete den kleinen Kühlschrank neben der Tür. „Wasser", ächzte sie. „'ne Perücke bei dieser Hitze! Das ist wirklich Folter."

„Um ein Haar wäre sie mit dem Mord durchgekommen", sinnierte Marta Soltan und nickte ihrer Kollegin mitfühlend zu. „Aber sie hat eben nicht mit diesen Sportskanonen gerechnet. Das muss man sich mal vorstellen: Familie Schlotthauer übt fleißig Tauchen und trifft den seit zwei Jahren vermissten Henri Abendroth. Und zwar auf dem Grund des Kranichsees. Schaurig! Und der mit Steinen beschwerte Leichensack sprach ziemlich eindeutig gegen einen simplen Badeunfall."

„Ist die Familie ihrem Hobby treu geblieben?"

„Keine Ahnung. Gerade sind sie jedenfalls in der Karibik. Das hat es uns erleichtert, den Leichenfund vorerst unter Verschluss zu halten. Sogar die Presse hat mitgezogen." Soltan wedelte mit einer Zeitung herum. „Zumindest bis heute. Sonst hätten wir die Millionärsnummer in Otto Schlupps Villa wohl kaum überzeugend durchziehen können." Sie steckte

in einem sackähnlichen Kaftan und ihre Füße unter dem Schreibtisch in einem Eimer mit Wasser, in dem schnell schmelzende Eisstückchen schwammen. „Wir waren ziemlich sicher, dass sie es war, die damals ihren Mann erledigt hat. Aber ohne Geständnis hätten wir ihr womöglich nie etwas nachweisen können. Nach meinem Bluff, ich hätte sie vor zwei Jahren im Wald bei ihrer grausigen Bootstour beobachtet, musste sie natürlich reagieren und mich mundtot machen."
„Trotzdem, für diese Lockvogelaktionen bin ich mir allmählich zu schade, Leute." Carlotta Schwarz ließ sich träge auf einen Stuhl fallen und schwang die Beine auf ihren Schreibtisch.
Edwin Krummbach hatte ein nasses Handtuch auf seiner Glatze liegen und klickte sich an seinem Computer durch arktische Winterlandschaften.
„Immerhin hat's funktioniert", grunzte er. „Sie haben der Abendroth ordentlich Dampf unterm Hintern gemacht, Carlotta." Rentiere, Schlittenhunde, Eisbären und Eskimos. Es half alles nichts. Der Schweiß lief unablässig in Rinnsalen am Körper hinab.
„Ohne Ihren Einsatz als angebliche Rivalin hätte es womöglich noch Wochen gedauert, bevor sie in Aktion getreten wäre."

„Schauderhafter Gedanke." Marta Soltan streckte wortlos die Hand aus. Carlotta Schwarz öffnete den Kühlschrank und holte eine weitere Flasche Wasser heraus. „Noch eine Woche mit Krummbach und Petersen in Otto Schlupps Villa und ich hätte die Kündigung eingereicht", sagte Soltan. Das vornehme Silbergrau wuchs allmählich heraus und am Ansatz kam nach und nach ihre natürliche Haarfarbe zum Vorschein. Braunmeliert mit ein paar schmutziggrauen Strähnen. „Außerdem hasse ich hohe Schuhe." Soltan träufelte Minzöl in ihr kaltes Fußbad. „Ach, überhaupt Klamotten, in denen man nicht rennen kann."

„Hier drinnen riecht's wie in einem Krankenzimmer", maulte Edwin Krummbach.

„Sie können ja gehen, wenn's Ihnen nicht passt", fuhr Marta Soltan ihm über den Mund.

„Ich hol schon mal ein Messer, um die dicke Luft durchzuschneiden." Krummbach tat, als wolle er aufstehen.

„Stecken Sie sich Ihr bekloppptes Messer …"

„Sollten wir nicht lieber unseren Erfolg feiern, anstatt uns gegenseitig anzugiften?", ging Schwarz dazwischen. „Ihr wart alle beide wirklich großartig. Ganz besonders Sie, Marta."

„Genau.“ Krummbach grinste anzüglich. „Mit dem Edelfummel und Ihrem Schmollmund kamen Sie erstaunlich sexy rüber.“

„Bei unserem nächsten Einsatz im Rotlichtviertel lasse ich Ihnen gerne den Vortritt. Schmollmund steht Ihnen sicher auch, Purzelchen.“ Soltan befühlte vorsichtig ihre noch immer schmerzende Oberlippe. Wenigstens ihr Auge war inzwischen abgeschwollen.

Carlotta Schwarz sah fragend zu ihr hinüber, wartete auf ihren Einsatz. Soltan nickte.

„Da fällt mir ein“, fragte sie beiläufig, „… wo genau waren Sie eigentlich, als dieser Zuhälter mir die Fresse polierte? Für kleine oder für große Jungs?“

Krummbach erhob sich und schlenderte zu dem Waschbecken hinter dem Plastikvorhang, tränkte sein Handtuch in frischem Wasser und legte es sich in den Nacken. Falls er überhaupt ein schlechtes Gewissen hatte, ließ er es sich jedenfalls nicht anmerken, gab sich demonstrativ unbekümmert. Aber in dem Büro mit den leise surrenden Ventilatoren brannte die Luft.

„Das wollen Sie gar nicht wissen, Soltan, glauben Sie mir“, antwortete er gelangweilt.

„Uff." Carlotta Schwarz erwog zu flüchten. Machte sich ganz klein auf ihrem Stuhl, nahm aber vorsichtshalber die Beine vom Schreibtisch, um möglichst schnell handlungsfähig zu sein, falls es zu Handgreiflichkeiten kommen sollte. Wäre nicht das erste Mal.

„Dachte ich's mir doch." Aus Marta Soltans Augen, die ohne Mascaraspinnenbeine nur halb so groß, aber auch nur halb so erschrocken wirkten, schossen zornige Blitze. „Ist Ihnen eigentlich schon mal der Gedanke gekommen, dass Sie im Polizeidienst irgendwie verkehrt sein könnten, Mann?"

„Nö."

„Aber mir." Soltan redete sich immer mehr in Rage. Schritte auf dem Gang. Krummbach hielt warnend seinen Zeigefinger in die Luft und presste die Kiefer aufeinander. Soltan zuckte die Achseln und legte noch ein paar Dezibel drauf. „Wie nah sind Sie und Frau Abendroth sich denn nun eigentlich gekommen, Herr Kollege? Ich hoffe, Sie sind nicht über das Ziel, den trotteligen Geldsack zu spielen, hinausgeschossen? Immerhin hat die Abendroth Ihnen ja in der Villa ein paar Besuche abgestattet, stimmt's?" Trügerisch sanfte Unnachgiebigkeit.

„Was für eine Frage!“ Krummbach schnaufte beleidigt. „Ich habe selbstverständlich die jeder Situation angemessene Distanz gewahrt.“
„Aha. Klingt wie auswendig gelernt.“ Hauptkommissarin Soltan riss drohend die Augen auf. Das ging jetzt auch mit dem linken schon wieder ganz ordentlich. Das Veilchen war inzwischen ein Löwenzähnchen. Schmutziges Blassgelb. „Da hat Brenda Abendroth mir aber heute Morgen was ganz anderes erzählt. Außerdem muss die Frau hellseherische Fähigkeiten haben. Sie erwähnte das herzförmige Muttermal direkt unter Ihrem Bauchnabel.“
Kann denn Liebe Sünde sein? Schwarz pfiff leise, aber quälend falsch.
Krummbach entschied sich für die Flucht nach vorn. „Sie stand unerwartet vor der Tür, mit Köfferchen und allem …“, legte er los. Flash. Vor seinem geistigen Auge erschien Brenda im Bikini am Pool. Irgendwann hatte er Petersen nach Hause geschickt. Dann lag Brenda plötzlich ohne Bikini am Pool. Flash. Brenda überall. Auch auf Schlupps wogendem Wasserbett. Schließlich war es kein Verbrechen, das Angenehme mit dem Nützlichen zu verbinden. „… an diesem verflixten Wochenende, an dem Sie

angeblich verreist waren!" Er stierte Marta Soltan vorwurfsvoll an.
„Ach, jetzt bin ich auch noch schuld, ja?"
„Verreist? Mitten in der Operation Abendroth?" Carlotta Schwarz blickte fragend in die Runde.
„Ich musste einfach dringend mal raus", brummelte Soltan.
„Es war wirklich nur dieses eine Mal", polterte Krummbach. „Und wenn diese Schlampe was anderes behauptet …"
Schwarz und Soltan wieherten los. Edwin Krummbach fiel in sich zusammen, als er endlich begriff, dass die Hauptkommissarin ihn mal wieder reingelegt hatte. Das mit dem Muttermal hatte sie garantiert von Petersen, mit dem er in den Wintermonaten einmal monatlich in die Sauna des Polizeisportvereins ging.
„Was hätte ich denn machen sollen?", stöhnte er. „Ich musste die Abendroth schließlich in Sicherheit wiegen."
„In den Schlaf, meinen Sie wohl?" Schwarz rang nach Atem. „Im Ernst, Krummbach. Wenn es Sie nicht schon gäbe, müsste man Sie glatt erfinden."
„Ich hatte den Auftrag, authentisch zu sein, richtig?"

Krummbach versuchte, seriös zu wirken. „Und Sie müssen zugeben – das war ich auch. Hab ich diesen vertrottelten Gerstelmeier überzeugend gespielt oder nicht?"

„Mehr als das. Aber der Auftrag hieß *beschatten*, nicht *begatten*." Soltan kicherte und wurde dann ernst. „Ich fasse zusammen. Zuerst die Sache im Bordell. Während Sie oben Ihren kleinen Edwin raushängen ließen, wurde ich unten so vermöbelt, dass ich seit Wochen aussehe wie nach einer missglückten Schönheitsoperation. Bisher hab ich ja noch den Mund gehalten und Sie gedeckt. War wahrscheinlich ein Fehler."

Carlotta Schwarz nickte zustimmend. „Und jetzt das Techtelmechtel mit der Hauptverdächtigen in einem Mordfall … Also, ich glaube kaum, dass das in der Chefetage gut ankommt. Und bei Ihrer Frau schon gar nicht."

„Was soll das heißen?" Krummbach griff nach einem Apfel, biss krachend hinein, spuckte die Kerne in hohem Bogen in die Topfpflanze.

„Das alles dürfte schon fast für ein Disziplinarverfahren reichen", platzte Soltan heraus. „Beim nächsten Mal sind Sie fällig, Kollege, das verspreche